AF204264

Madeleine Sophia Triska

Der Beruf des Sensenmannes: Ein Handbuch

story.one – Life is a story

1st edition 2023
© Madeleine Sophia Triska

Production, design and conception:
story.one publishing - www.story.one
A brand of Storylution GmbH

Font set from Minion Pro, Lato and Merriweather.

© Cover photo: Photo by Universal Eye on Unsplash

ISBN: 978-3-7108-8633-1

An mein jüngeres Ich, die nie aufgehört hat zu träumen, auch wenn sie genauso viel gezweifelt hat.

INHALT

Der Sensenmann

Eines Tages wirst du aufwachen und deine Seele wird deinen Körper verlassen haben. Wie du sterben wirst weiß ich nicht und ich werde es auch nicht mehr erfahren, denn wenn du hier bist, bin ich es nicht mehr. Deine Aufgabe wird es sein, meinen Job zu übernehmen. Damit du nicht so überfordert bist wie ich an meinem ersten Tag, habe ich das hier für dich erstellt.

Als Erstes sollte ich dir wohl erklären, was du machen musst. Deine Aufgabe ist es, Seelen ins Reich der Toten zu bringen. Du bist das, was die Menschen oft als den Sensenmann bezeichnen und um dich ein wenig aufzumuntern, du bekommst wirklich eine Sense. Komm schon, das muss dich doch wenigstens ein bisschen freuen. Egal, kommen wir lieber zurück zu deiner Aufgabe.

Für die nächsten hundert Jahre wirst du diese Aufgabe vollbringen müssen, bis die nächste Generation drankommt. Wo du dann hinkommst, weiß ich nicht, aber ich bin da jetzt auch, also keine Sorge. Jede Person, die einmal der Sensenmann war, wird dort sein. Ich freue mich schon, die anderen kennenzulernen und der Person vor mir zu danken, ohne ihre Notizen wäre ich verloren gewesen. Deswegen bekommst du dieses Buch. Ich hoffe, du kannst es genauso gebrauchen, wie ich die Notizen. Und wenn nicht, sie müssten irgendwo in meinem Büro liegen. Sie sind etwas unübersichtlich, also sei vorsichtig.

Ich bin mir sicher, dass du viele Fragen hast und ich werde sie dir in aller Ruhe in diesem Buch beantworten. Keine Sorge, du hast hundert Jahre Zeit um dich einzugewöhnen. Es ist nur zuerst wichtig, dass du verstehst, wer du jetzt bist. Die Stellung, die du im Reich der Toten hast, ist hoch und das bedeutet, auf dir lastet viel Verantwortung. Es bedeutete aber auch, vor dir hat fast jeder Respekt. Die Ausnahmen stelle ich dir noch vor. Viel Respekt heißt leider auch ein recht einsames Leben, zumindest für die ersten Jahre.

Zurück zu deiner Aufgabe. Wenn du die Seelen von der Welt der Lebenden ins Reich der Toten gebracht hast, müssen sie an den Brunnen der Wahrheiten. Es ist wirklich wichtig, dass jede

Seele dort sicher ankommt. Erst an diesem Brunnen wird über ihr Schicksal entschieden. Das ist ebenfalls wichtig. Du urteilst nicht über die Toten. Das ist nicht unsere Aufgabe und der Chef wird sehr sauer, wenn du eine Seele nicht neutral behandelst. Die einzige Ausnahme sind Kinder. Die meisten haben Angst, wenn sie sterben, also sei bitte besonders nett zu ihnen.

Das große Buch unter diesem gehört dir. Dort tauchen alle Menschen auf die sterben und wenn du ihren Namen dort liest, kannst du sie abholen. Ihr genauer Standort, Todesursache und Todeszeitpunkt findest du dort auch. Du fragst dich bestimmt, ob nicht viel zu viele Menschen sterben, damit du sie alle abholen kannst und du hast recht, deswegen haben wir Helfer.

Der Chef und die Helfer

Ich denke, es ist das Beste, wenn ich dir deine Helfer und den Chef im gleichen Atemzug erkläre. Es gibt insgesamt drei Arten von Helfern. Die Hortensien, die Veilchen und die Gladiolen. Am meisten wirst du mit Letzterem zu tun haben. Sie helfen dir die Seelen einzusammeln und an den Brunnen zu bringen. Ich sage es lieber gleich, der Bogen, den sie bei sich tragen, ist keine Dekoration. Eigentlich sind sie harmlos, aber sei trotzdem nie respektlos. Sie haben einen Sinn für Drama, also wenn du eine gute Geschichte hören willst, komm zu ihnen.

Die anderen beiden Arten von Helfern wirst du nicht häufig sehen. Die Hortensien sind für die Organisation verantwortlich und meistens im Büro neben dem Chef anzutreffen. Kleine Wesen, die fasziniert von der Farbe Grün sind und spitze Ohren haben. Wenn sie auftauchen, gibt es meistens in einer oder anderen Weise Ärger. Aber sie sind nicht gewalttätig. Von den Veilchen kann man das nicht behaupten. Mit ihren Kopfhörern sehen sie aus wie schlechtgelaunte Jugendliche, aber lass dich nicht täuschen. Jede Seele, die versucht zu fliehen, wird von ihnen eingefangen und wenn es sein muss mit Gewalt.

Nun zum Chef. Während die Helfer infrage der Autorität unter dir stehen, ist der Chef über dir und das wird sie dich auch spüren lassen. Sie mag es nicht, wenn ihre Macht angezweifelt wird. Das liegt an den ständigen Streitereien mit den anderen Göttern, also Tipp von mir, rede mit dem Chef nicht über die anderen Götter. Sie mag keinen davon, wenn man dem Tratsch glaubt, *hat sie ihr Herz gebrochen bekommen.*

Das Erste, was du hier machen solltest, nachdem du das Buch gelesen hast, ist zum Chef zu gehen. Wenn du dich vorstellt, sag auf keinen Fall deinen Namen oder deine Todesursache. Sie kann nicht in deinen Kopf schauen und sollte so wenig wie möglich über dich erfahren. Egal wie unschuldig der Chef aussieht, sie ist eine mächtige Göttin. Auch solltest du sie wenig fragen. Sie ist viel beschäftigt und selbst wenn sie es nicht wäre, sie beantwortet ungern Fragen. Also lass es lieber bleiben.

An manchen Tagen kannst du den Chef in der Bibliothek antreffen und dann ist auch der beste Zeitpunkt, um sich zu unterhalten. Wahrscheinlich wird sie eine Brille tragen, mach ihr ein Kompliment deswegen. Tief in ihrem Herz ist unser Chef sehr einsam, sie wird ein ernstgemeintes Kompliment wertschätzen, aber übertreib es nicht.

Wenn es so weit kommt und du einen gefährlichen Auftrag bekommst, wird sie in dein Büro kommen und dir viel Glück wünschen. Wie ernst sie das meint? Ich weiß es nicht. Meiner Meinung nach sorgt sie sich um uns, aber vielleicht bin ich auch schon zu tief in ihrem Bann.

Was die Titel angeht, sag niemals Chefin. Götter haben kein Geschlecht und der Chef zeigt sich stets weiblich, aber der Titel bleibt Chef. Das ist hier mit allem so. Du musst dich an die Titel halten, sonst gibt es viel Ärger. Dein Titel ist ebenfalls Sensenmann, egal welches Geschlecht du hast. Ich weiß, am Anfang macht es nicht viel Sinn, aber du gewöhnst dich dran.

Der Richter und der Brunnen der Wahrheit

Es ist die Absicht der Götter, dass die Menschen so wenig wie möglich von der Unterwelt mitbekommen. Damit sie das Leben genießen können in der Weise, wie sie es für anständig halten würden. Nach dem Tod muss jede Seele in den Brunnen der Wahrheit steigen und sich dem Urteil des Richters stellen. Dieser steht auch über dir in der Rangordnung, aber unter dem Chef. Er mag es nicht, wenn man unfreundlich zu ihm ist, aber was er noch weniger mag, ist Unehrlichkeit.

Du wirst nicht viel mit ihm in Kontakt kommen, aber du solltest trotzdem alles Wichtige über ihn kennen. Sobald du dieses Buch durchgelesen hast, musst du erst zum Chef und dann zum Richter gehen. Er mag es ebenfalls nicht zu warten. Versuche, stets pünktlich zu sein und wenn du dich verspätetest, dann bitte, lüge nie über den Grund. Ich habe nicht gelogen, als ich sagte, die Götter können nicht in deinen Kopf schauen, aber er kann eine Lüge immer erkennen. Egal wie gut du sie tarnen kannst.

Zu dem Brunnen ist nicht viel zu sagen. Bleib am besten einfach davon fern, es erspart dir einiges an Ärger. Du kannst für die ersten ein oder zwei Urteile gerne bleiben und zusehen. Das ist etwas, das der Richter sehr schätzen wird. Er wird dich für deine gesunde Neugier loben und dir sagen, dass du immer willkommen bist, wenn du noch einmal zuschauen möchtest. Natürlich darfst du das, aber vernachlässige nicht deinen Job, sonst gibt es Ärger mit dem Chef.

Ich glaube nicht, dass ich erwähnen muss, dass du den Brunnen bitte nicht kaputt machen sollst. Der Richter hängt sehr an seinem Brunnen und einen Kampf mit ihm willst du nicht verlieren. Die Narben in seinem Gesicht werden dir sicher schon am Anfang auffallen, sprich sie lieber nicht an. Alles, was ich weiß, er hat sie in einem Kampf gegen eine der heiligen Bestien bekommen. Laut den Erzählungen hat er den Kampf sogar gewonnen.

Wenn er dich mag, wird dein Leben hier angenehmer, aber vergiss nie, wer er ist. Der Richter ist da, um die Seelen zu verurteilen und das macht er mit brutaler Ehrlichkeit. Er wird nicht zögern, um dir die Wahrheit zu sagen. Ob du das willst oder nicht. Er hat kein Mitgefühl. Ich glaube, er kennt das Wort nicht einmal. Solltest du einen schlechten Tag haben, empfehle ich dir, nicht mit ihm zu sprechen. Aber grüße ihn, wenn du ihn siehst.

Die Trägheit

Ich weiß, du hast lange auf diesen Moment gewartet, aber jetzt ist es Zeit, deine Kollegen kennenzulernen. Sie haben das Verurteilungssystem erschaffen und leiten bestimmte Teile der Unterwelt. Insgesamt gibt es zwei Seiten. Die Sünden und die Tugenden. Ich kann dir sagen, beide sind anstrengend, lass dich nicht täuschen. Ich wünsche dir viel Spaß und viel Geduld.

Dein erster Kollege ist die Trägheit. Du liegst richtig, wenn du sie auf die Seite der Sünden einordnest. Als ich sie das letzte Mal gesehen habe, war sie weiblich, aber das kann sich mit jedem Mal ändern. Du wirst spüren, was das richtige ist, aber dann solltest du sie auch Richtig ansprechen. Darauf legt die Trägheit viel Wert. Was beinah ein Wunder ist, das meiste ist ihr so ziemlich egal.

Ihr Bruder, der Fleiß, arbeitet direkt neben der Trägheit, aber die beiden haben kein gutes Verhältnis, also sprich es einfach nicht an. Er ist im zweiten Bezirk und es ist gut möglich, dass du ihn sehen wirst, wenn du Trägheit besuchst. Auch wenn die beiden seit Ewigkeiten kein Wort miteinander gesprochen haben, sorgt sich Fleiß sehr um sie.

Das sind so gut wie alle Themen, die du mit ihr nicht ansprechen solltest. Da hätte ich das Wichtigste beinah vergessen. Sie hat die Raben als Freunde und diese machen so gut wie alles für Trägheit. Sei bloß nett zu ihnen, sonst wird es Konsequenzen haben. Nicht von der Trägheit selbst, sondern vom Chef. Es wäre Trägheit wohl zu anstrengen selbst über eine Bestrafung nachzudenken.

So ist das bei vielen Dingen mit ihr. Die meisten Sachen sind ihr entweder egal oder zu anstrengend. Du gewöhnst dich daran. Solange sie die Arbeit macht, gibt es keinen Grund sich zu beschweren. Eigentlich ist Trägheit ein angenehmer Zeitgenosse. Sie wird an einen Baum gelehnt sitzen und dir bei allem zuhören oder zumindest so tun.

Du kannst jedoch nie zu lange bei Trägheit bleiben, sonst schläfst du irgendwann ein und wer weiß wie oder wo du wieder aufwachst. Ob du überhaupt aufwachst. Ich will dir keine Angst machen, aber Trägheit ist immer noch eine Sünde und somit nicht ungefährlich. Egal wie friedlich alles scheint, lass deine Augen offen.

Solltest du mitbekommen, dass die Trägheit aktiv wird, empfehle ich, sofort den Chef aufzusuchen. Soweit ich weiß, passierte das nur einmal vor mehreren hundert Jahren und sagen wir es so, das Ende soll nicht schön gewesen sein. Ich für meinen Teil bin froh, dass ich es nicht miterleben musste. Meiner Meinung nach steuern wir auf das Ende der uns bekannten Welt zu, wenn Trägheit anfängt, ihren Bruder zu imitieren.

Der Fleiß

Wenn wir ehrlich sind, ich hatte am Anfang eine ziemliche Angst vor Fleiß. Wie gesagt ist der Bezirk der Trägheit, der erste in den du kommen wirst, und Fleiß hat die Angewohnheit sein Geschwisterchen zu beobachten. Du musst es dir also so vorstellen, ich habe ihn aus der Ferne gesehen und ich kannte nur die Warnungen meines Vorgängers. Seine Worte waren klar "Jede Tugend ist genauso gefährlich wie die Sünden. Lass dich nicht davon täuschen, was sie repräsentieren. Sie wurden alle zum Töten ausgebildet".

Fleiß ist um einiges größer als Trägheit und auch mich überragt er um einen halben Kopf. Durch seine harte Arbeit ist er kräftiger gebaut als die meisten deiner Kollegen. Ich glaube, nur der Richter sieht noch eindrucksvoller aus. Das, was dir die Knie zittern lassen wird, sind jedoch seine Augen. Ein helles Gold wird dir beinah entgegen leuchten und wenn du einmal hineingesehen hast, wird dich das Gefühl verfolgt zu werden, nie loslassen.

Das Gute mit Fleiß ist, dass er eigentlich immer zu beschäftigt ist, um mit dir zu sprechen. Generell spricht Fleiß wenig, etwas das die Geschwister gemeinsam haben.

Eigentlich kannst du immer zu Fleiß gehen und mit ihm sprechen oder ihm eine Frage stellen, ob er dir antwortet, ist eine andere Frage, aber es gibt eine Ausnahme. An manchen Tagen wird Fleiß auf der anderen Seite seines Bezirks sitzen und in den Dritten schauen. Wie seine Schwester wird er mit dem Rücken an einem Baum lehnen und in der Nähe wirst du einen Raben sehen können. Im dritten Bezirk lebt der Hochmut. Ich weiß nicht welche Vergangenheit, die beiden miteinander teilen, aber es kann kein gutes Ende gefunden haben. Hochmut spricht nie über Fleiß und umgekehrt beobachtet Fleiß ihn manchmal.

Wenn du Fleiß eine Freude machen willst, dann erledige deine Arbeit immer pünktlich und sauber. Damit machst du auch dem Chef einen Gefallen. Dich kann zwar niemand feuern, aber keiner macht gerne Überstunden und es ist sinnvoll dich mit allen gut zu stellen. Auch wenn deine Kollegen infrage der Autorität tatsächlich unter dir stehen, sie sind nicht weniger gefährlich.

Einen letzten Hinweis kann ich dir noch zu Fleiß geben. Er hasst Ausreden. Ich finde, er und der Richter teilen sich einige Charakterzüge. Wer weiß, vielleicht sind sie ja verwandt. Bei Göttern und göttlichen Wesen kann man sich nie sicher sein.

Der Hochmut

Müsste ich ihn mit einem Wort beschreiben, würde ich dir sagen, dass dies nicht möglich ist. Ich habe nicht viel mit Hochmut gesprochen. Er hat einfach eine gewisse Aura um sich, mit der ich nicht auskomme. Du kennst sicher Menschen, denen schon gesagt wurde "Hochmut kommt vor dem Fall". Er ist so eine Person, nur das er wohl nie fallen wird. Außer, wenn das ganze System zusammenklappt. Aber wir hoffen, du wirst das niemals erleben.

Nachdem du dich von Fleiß verabschiedet hast, musst du weiter in den dritten Bezirk gehen. Es wird dauern, bis du Hochmut zu Gesicht bekommst. Du kannst ihn nicht finden, denn er hat dich schon gesehen und spielt jetzt seine kleinen Spiele mit dir. Wenn er genug davon hat, dir beim Wandern durch seinen Bezirk zuzusehen, gibt er sich zu erkennen.

Ich gebe dir den Hinweis, starr ihn nicht zu lange an. Ja, er sieht unfassbar gut aus mit seinen Piercings und Tattoos, aber er ist die Hochmut in Person und wälzt sich in jeglicher Aufmerksamkeit, die er kriegen kann. Sollte es sich bei dir also um eine Person handeln, die gerne andere Leute glücklich macht und dadurch Freude empfindet, dann ist Hochmut sowohl dein Fluch als auch Segen. Er wird dir wahrscheinlich sagen, dass er diese Dinge schon weiß und dich nicht braucht, um zu wissen, wie toll er ist, aber im Geheimen erfüllt es ihn mit Freude.

Bevor er zu Hochmut wurde, war er ein Magier. Als die Plätze der Sünden und Tugenden vergeben wurden, hat der Chef darauf geachtet die Gegenteile immer zusammen zu besetzten. Trägheit und Fleiß, Geschwister. Hochmut und Demut, beste Freunde. Neid und Freundlichkeit, Brüder. Zorn und Geduld, ehemalige Liebhaber. Habgier und Nächstenliebe, ehemalige Rivalen. Völlerei und Mäßigkeit, Zwillinge. Wollust und Keuschheit, Schwestern.

Die meisten haben kein gutes Verhältnis zueinander, nicht nach dem, was in der Vergangenheit liegt. Hochmut und Demut jedoch, die beiden sind bis zum heutigen Tag unzertrennlich. Gegenteile ziehen sich wohl wirklich an, denn so unterschiedlich die beiden auch sind, sie gleichen sich aus. Eine Freundschaft wie ihre findet man in der Unterwelt nicht oft und ich muss gestehen, ich bin nicht frei von Neid. Als Sensenmann wirst du keine engeren Beziehungen führen können. Niemand ist dir feindselig aber jeder weiß, dass du in hundert Jahren nicht mehr sein wirst und sie alle haben schon zu viel gelitten.

Vielleicht ist das auch der Grund, warum ich Hochmut und Demut nie viel besucht habe. Ich hoffe, du kannst das besser machen und Hochmut von mir ausrichten, dass es mir sehr leid tut. Ich weiß nun das ich mich nicht immer richtig verhalten habe, aber auch an mir hängen die Schatten meiner Vergangenheit und das Schicksal des Sensenmanns ist ein Einsames.

Ich will dir hiermit keine Angst machen, das verspreche ich, aber du musst wissen, was dich erwartet. Hochmut wird zwar Spielchen mit dir führen, aber er ist nicht die größte Bedrohung. Sei einfach vorsichtig, dann wird alles gut gehen.

Die Demut

Wenn du dich von Hochmut verabschiedet hast, wird dich dein Weg weiter zu Demut führen. Sie wird schon wissen, dass du kommst und hinter den Toren ihres Bezirks auf dich warten. Du wirst überschwänglich von ihr begrüßt und sie wird dir ein Festmahl anbieten, dem du nur schwer widerstehen kannst. Wenn du dich jetzt fragst, warum du ihm widerstehen musst, habe ich eine einfache Antwort für dich. Erstmal musst du als Sensenmann weder essen noch trinken, das ist aber nur nebensächlich. Es ist ein Test. Demut will deine Fähigkeiten testen. Sie will sehen, ob du widerstehen kannst.

Nachdem du diesen Test hoffentlich bestanden hast, wird sie dir ihren Bezirk zeigen. Du kannst sie alles fragen, was du möchtest. Sie wird dir nur nicht immer antworten und du musst das akzeptieren. Ohne Widerworte. Da ist sehr wichtig. Demut mag es nicht, wenn man versucht sie zu überreden. Das gilt übrigens nicht nur bei Fragen. Wenn du es trotzdem versuchst, wird sie nie wieder ein Wort mit dir wechseln.

Über die vorherigen Sensenmänner wird sie dir nie eine Frage beantworten. Es ist nicht gestattet, dass über uns gesprochen wird und viel gibt es auch nicht zu sagen. Niemand weiß den Namen des Sensenmanns und auch andere Informationen sollten lieber geheim bleiben. Es ist für deine eigene Sicherheit.

Eine anständige Begrüßung und Verabschiedung ist Demut sehr wichtig. Das bedeutet, dass du dich leicht vor ihr verbeugen musst und sie wird sich im Gegenzug auch vor dir verbeugen. Der Winkel ist hierbei entscheidend. Deine Verbeugung darf nicht zu tief sein, du bist immerhin der Sensenmann, aber auch nicht zu hoch, sonst wird es als Beleidigung angesehen. Das bekommst du schon hin.

Lange kann Demut dich nicht begleiten und es liegt an dir, diesen Zeitpunkt zu erkennen. Wenn du merkst, dass Demut müde wird oder anfängt langsamer zu laufen, dann ist die Zeit gekommen sich zu verabschieden. Dabei darfst du jedoch nicht ausführen, warum du weiter gehst. Demut ist sich sehr bewusst über ihre körperliche Verfassung, aber sie redet ungern darüber. Sprich es am besten nicht an. Sag ihr, der nächste Bezirk wartet schon auf dich und du hast einen engen Zeitplan, dann verabschiede dich von ihr und bedanke dich.

Es ist deutlich leichter, auf Demut zu treffen, als auf die meisten anderen deiner Kollegen. Um sie kannst du fast alles ansprechen, sie wird nicht versuchen, dich umzubringen, wenn du versehentlich eine Grenze übertreten hast. Solange du ihren Test bestanden hast. Daran hängt dein gesamtes Verhältnis zu Demut ab. Ich kann mich nicht erinnern, dass je ein Sensenmann nicht bestanden hat, sei also bitte nicht der Erste.

Der Neid

Ich empfehle dir, nicht allzu viel Zeit in der Anwesenheit deines nächsten Kollegen zu verbringen. Neid leitet den 5. Bezirk und macht seinem Titel alle Ehre. Er ist nicht begeistert von der Tatsache, dass er nicht *Trägheits* Bezirk hat und wenn er könnte, würde er sowieso gerne deinen Job machen. Deswegen geh lieber nicht zu oft zu Neid.

Während Hochmut und Demut gut miteinander auskommen, würden sich Neid und Freundlichkeit am liebsten gegenseitig umbringen. Für Neid ist es von größter Wichtigkeit, dass sein jüngerer Bruder den Bezirk hinter ihm leitet. Es gibt das Gerücht, dass sein Verhalten aus seiner Kindheit hervorgeht, da Freundlichkeit immer bevorzugt wurde und die beiden damals schon gestritten haben. Als Neid zu einer Ewigkeit mit seinem Bruder verdammt wurde, hat er versucht seine Existenz auszulöschen. Das erste und letzte Mal, dass ein anderer Gott als der Chef und Richter in die Unterwelt gekommen ist.

Nachdem der erste Sensenmann ernannt wurde, hat Neid immer wieder versucht ihn zu sabotieren. Daher kommt die Regel, dass Sünden und Tugenden nie ihre Bezirke verlassen dürfen. Deswegen ist Neid nicht besonders beliebt bei den anderen. Besonders schlimm ist es bei Freundlichkeit und Wollust.

Solltest du dich doch in der Gegenwart von Neid befinden, habe ich folgenden Tipp für dich. Lass ihn reden, stimme ihm bei dem ein oder anderen zu und wechsel geschickt das Thema, sobald er anfängt sich zu beschweren. Wenn er einmal anfängt, hört er nicht mehr auf und du wirst die nächsten Stunden nicht von ihm wegkommen. Bei geschäftlichen Fragen ist es zu empfehlen, ein Fax zu senden oder einen deiner Helfer zu ihm zu schicken. Ich warne nur vor, sie haben Angst vor Neid. Sogar die Veilchen.

Wenn er es übertreibt und du aber dringen mit ihm sprechen musst, kannst du auch zum Chef gegen. Die Einzige vor der Neid Respekt hat und die nicht ihn dazu bringen kann seine Arbeit zu machen. Ich glaube, sie droht ihm einfach konstant. Wenn du das macht, stell dich nur darauf ein, das Neid danach nicht gut auf dich zu sprechen ist.

An manchen Tagen tut mir Neid leid. Seine Existenz ist genauso einsam wie unsere und seine Kollegen sind nicht gut auf ihn zu sprechen. Jedoch ist sein Verhalten an den meisten Tagen unausstehlich. Du wirst keine normale Konversation mit ihm führen können. Nicht das die restlichen Unterhaltungen mit deinen Kollegen ein Zuckerschlecken wäre, aber wenigstens wollen sie dich nicht umbringen nur, weil du da bist. Wenn du mit Neid sprichst, sei stets aufmerksam, sonst landet ein Messer in deinem Rücken. Und das ist selbst als Sensenmann nicht schön.

Die Freundlichkeit

Lass dich von deinem nächsten Kollegen nicht einschüchtern. Bis zu diesem Zeitpunkt hast du nur Schlechtes über die Freundlichkeit gehört und sein Aussehen trägt nicht dazu bei, dass dein erster Eindruck sich ändert. Die Freundlichkeit ist immer begleitet von zwei Schattenwesen, die jeden angreifen, die eine Bedrohung für Freundlichkeit darstellen. Ich sage es nur ungern, aber die Sensenmänner sind eine Bedrohung für alle Sünden und Tugenden.

Damit unser Frieden in der Unterwelt weiter bestehen kann, hat Freundlichkeit gelernt, diese Wesen zu kontrollieren. Er kann sie jedoch nicht aufhalten, wenn du Freundlichkeit jemals angreifen solltest. Egal was passiert, tu es niemals. Nicht nur diese Schattenwesen werden versuchen dich umzubringen, viele deiner Kollegen werden die Seite der Freundlichkeit ergreifen. Einzig Neid, Trägheit, Fleiß und Hochmut werden auf deiner Seite stehen, während das Blut von Demut euren Kampfgeist antreibt.

Ich weiß, es hört sich nicht gut an. Trotzdem ist Freundlichkeit kein unangenehmer Zeitgenosse in einer Zeit des Friedens. Er kann dir einige Fragen beantworten und wird dir seinen Bezirk zeigen. Es ist sehr schön. Ich mochte es immer dort, auch wenn die Gefahr jedes Mal in deinem Rücken steht. Bitte pass auf dich auf.

Etwas was du jedoch beachten musst, wenn du mit Freundlichkeit sprichst. Genau wie Neid reagiert er beinah allergisch auf seinen Bruder. Sprich also nicht mit ihm über Neid. Der einzige Unterschied ist, dass Neid mit dir lästern wird, während Freundlichkeit kein Wort über ihn spricht. Ich denke, es würde den beiden guttun miteinander zu sprechen, aber das ist eine unmögliche Sache.

Bei Freundlichkeit ist es besser, wenn du dir einen eigenen Eindruck machst. Ich will dich auf keine Seite zwingen und nur, weil die Sensenmänner in der Vergangenheit eher gegen Freundlichkeit standen, heißt das nicht, das du es auch tun musst. Wahrscheinlich musst du auch nie eine Seite wählen. Lass uns hoffen, dass deine Zeit als Sensenmann friedlich ist.

Ich will dir nur eine letzte Warnung geben. Du wirst dich in der Nähe von Freundlichkeit wohlfühlen, aber du darfst nicht den Blick für das große Ganze verlieren. Mit seiner Art und der Tatsache, dass Freundlichkeit niemals jemandem wehtun würde, hat er viele um seinen kleinen Finger gewickelt.

Die ganze Wahrheit habe ich jedoch auch nicht herausfinden können. Vielleicht ist es besser, wenn wir damit aufhören die Wahrheit zu suchen. Sensenmänner existieren nicht lange genug, um das ganze Bild zu sehen. Vielleicht wissen wir es, wenn wir uns danach treffen, wo auch immer das ist.

Der Zorn

Irgendwann musst du den Bezirk von Freundlichkeit verlassen und kommst in den 7. Bezirk.
Dort lebt der Zorn und die Veränderung in der
Atmosphäre ist schnell spürbar. Pass auf das du
nicht zu überrascht aussiehst, wenn Zorn vor
dir steht. Sie ist nicht die größte Person und
auch ihr Aussehen mit blonden Haaren und
blauen Augen passt perfekt in das Schönheits-
ideal dieser Welt und verleitet viele Menschen
dazu, in Vorurteile zu verfallen.

Jedoch ist Zorn eine Sünde und hat ihren Titel
nicht umsonst bekommen. Zorn hat in der Vergangenheit gezeigt, wie gefährlich sie sein kann.
Besonders in Bezug auf Geduld. Sprich einfach
nicht über Geduld. Die beiden sind nicht mehr
in einer Beziehung. Der Chef hat verboten, dass
sie jemals wieder miteinander sprechen dürfen.
Ich weiß nicht genau, was passiert ist, aber die
halbe Unterwelt wurde dabei zerstört.

Das ist auch der Grund, warum Zorn ungern
über den Chef spricht. Ich würde beinah be-

haupten, dass sie hasst unseren Chef, aber bei Zorn kann man sich nie sicher sein. Ihre wahren Gefühle sind versteckt hinter der Maske ihrer Sünde. Außer ihre Gefühle für Geduld. Du wirst sie sonst nie mehr so ehrlich sprechen hören. Ich glaube, sie hat Geduld wirklich geliebt, aber zu unserer aller Sicherheit ist es besser, wenn sie getrennt sind.

Je weiter du durch Bezirke gehst, desto mehr wirst du merken, dass dir niemand wirklich vertraut und am meisten spürst du dass, bei Fleiß und Zorn. Ihre Aufmerksamkeit liegt in einer Weise immer auf dir und sie werden aufpassen, dass du keinen falschen Schritt machst. Einzig auf die Hochwelt und in dein Büro können sie dir nicht folgen. Du wirst jedoch die Hochwelt beinah nie betreten.

Ich gebe dir den Hinweis, in der Anwesenheit von Zorn deinen Mund zu halten. Sie wird über das reden, was sie für richtig hält und du solltest ihr einfach zustimmen. Egal, was du wirklich über das Thema denkst. Zorn ist keine Person, die mit dir rational diskutieren wird oder andere Meinungen respektiert. Oder generell irgendetwas respektiert.

Eigentlich ist das niemand in der Unterwelt, die besten Chancen hast du da noch mit dem Richter oder deinen Helfern. Es gibt Persönlichkeiten, welche etwas schwieriger sind als der Rest. Zorn ist so jemand. Verbring am besten nicht zu viel Zeit mit ihr. So oft, wie ich dir rate, dass du dich lieber von einer Person fernhalten solltest, hört es sich an, als wäre die Unterwelt unausstehlich. Das ist sie nicht. Wenn du die Regeln kannst, wirst du das Spiel gut überstehen. Sieh es positiv, du musst das alles nur 100 Jahre mitmachen.

Die Geduld

Bevor du in den nächsten Bezirk aufbrichst, wird Zorn dich bitten, eine Nachricht an Geduld zu übermitteln. Es wird nicht einfach sein, aber es ist strengstens verboten diese Nachricht weiterzugeben und wenn du es doch machst, wird dich eine Strafe erwarten. Denk nicht das es sowieso niemand herausfindet. In der Unterwelt ist beinah nichts geheim. Zumindest wenn es um Taten geht, die hier passieren. Ansonsten wird um so gut wie alles ein Geheimnis gemacht, wenn ich mal darüber nachdenke.

Nachdem du Geduld also keine Nachricht ausgerichtet und dich höflich vorgestellt hast, kommt ein recht angenehmer Teil deiner Reise. Zumindest was deinen Kollegen angeht. Ihr Bezirk an sich ist jedoch kein Ort, an dem du gerne Urlaub machen möchtest. Hier wirst du auf Gefahren jeder Sorte treffen. Solange du bei Geduld bleibst, wird dir aber nichts passieren.

Es gibt nur ein oder zwei wichtige Hinweise zu ihrem Bezirk, die du wissen solltest, bevor es noch zu einem toten Sensenmann kommt. Als Erstes ist zu erwähnen, das der Fluss nicht zu betreten ist. Unter keinen Umständen. *Jemals.* Egal ob jemand in diesem Fluss am Ertrinken ist, du gehst nicht rein. Die Person ist dem Tod *gewidmet*, egal was du machst. Dann gibt es natürlich die Schmetterlinge, die du nicht anfassen darfst. Ihr Gift ist tödlich und eine Berührung überträgt genug, um selbst den Chef umzuhauen. Wir haben schon mal einen Sensenmann an ihnen verloren. Der letzte Warnhinweis handelt über die Apfelbäume. Wenn du dir Berichte über die Erde angesehen hast und familiär mit der christlichen Religion bist, wirst du die Geschichte um den Apfel und die ersten Menschen sicher kennen. Hierbei hat sich jemand einen ganz witzigen Scherz erlaubt.

Warum es gerade der Bereich der Geduld ist, der so gefährlich ist? Ich weiß es nicht. Es ist einfach einer dieser Dinge, die hingenommen und nicht hinterfragt werden. Diese Einstellung wird dich übrigens weit bringen in deiner Zeit hier. Hinterfrag es einfach nicht. Das sollte das Motto der Unterwelt werden. Vielleicht kannst du das dem Chef vorschlagen. Ich würde es ja persönlich machen, aber meine Energie lässt langsam nach. Hoffentlich bin ich davor durch mit diesem Buch.

Zu Geduld als Person lässt sich wenig sagen. Es gibt nicht so genaue Vorschriften wie bei Zorn. Außer das du auch hier lieber nichts über die Beziehung der beiden sagst. Allein die Erwähnung von Zorn versetzt Geduld in eine tiefe Trauer und dann können wir unsere Arbeit wieder für Wochen nicht machen. Das letzte Mal war der Chef danach so sauer.

Dazu ist ebenfalls wichtig zu erwähnen, dass jedes Juwel an Geduld's Körper von Zorn stammt und du sie deswegen lieber nicht ansprechen solltest. Geduld glaubt immer noch daran, dass sie eines Tages mit Zorn wiedervereint wird. Das wird dann der letzte Tag der Unterwelt sein.

Die Habgier

Wenn du es bis zum 9. Bezirk geschafft hast, kann ich dich beruhigen. Es wird nicht einfacher, aber du hast es bald geschafft. Das ist doch zumindest ein kleiner Erfolg. Bis es jedoch dazu kommt, steht dir ein Treffen mit der Habgier bevor. Ich warne vor. Er mag die Sensenmänner nicht unbedingt. Es ist nicht wie mit Neid. Ich weiß nicht wie ich es am besten beschreiben kann, aber du wirst es sicher verstehen, wenn du vor ihm stehst.

Um ein Gespräch mit ihm zu überleben, ist eine Sache besonders wichtig. Die Habgier möchte nicht nur Gegenstände besitzen, sondern auch Personen. Du gehörst nicht zu diesen Personen, dich möchte er am liebsten so wenig wie möglich sehen. Die ganzen anderen Sünden und Tugenden schon. Besonders Trägheit ist betroffen davon. Ich vermute, es liegt daran, dass sie über den 1. Bezirk herrscht. Versuche also das Gespräch nicht in Richtung deiner Kollegen zu lenken. Es wird dich nur verstören. Glaub mir. Es ist zu deinem Besten.

Ich empfehle dir, so wenig Zeit wie möglich in diesem Bezirk zu verbringen. Die Habgier mag zwar einen der niedrigeren Bezirke haben und ist somit jünger als die meisten deiner Kollegen, das macht ihn jedoch nicht weniger gefährlich. Er sucht immer nach einem Weg, um aufzusteigen. Für ihn gibt es keine andere Option, als der Beste zu sein. Und das macht ihn so gefährlich. Es ist ihm egal, ob er bei dem Versuch stirbt oder wie stark er verletzt wird, solange er es versucht hat.

Lass dich also auf nichts ein. Egal was er dir verspricht. Es ist sowieso eine Lüge. Manchmal frage ich mich, ob er überhaupt noch weiß, was die Wahrheit ist oder ob er mittlerweile zu tief in seiner eigenen Welt lebt. Verübeln kann ich es ihm nicht. Wir leben nur 100 Jahre in der Unterwelt und das sind schon 100 Jahre zu viel. Ich kann mir nicht vorstellen, wie es ist für immer hier leben zu müssen.

Es gibt nur noch eine Sache, die du zur Habgier wissen musst. Er wird das Ende der Unterwelt hervorbringen. Jeder weiß das, außer er selbst. Es ist einer der Informationen, die jeder vergessen will, aber niemand jemals kann. Über das

Ende spricht man nicht gerne. Nicht nur in der Unterwelt. Solltest du doch einmal die Chance haben dich auf die Hochwelt zu begeben und dort auf eines der göttlichen Wesen triffst, solltest du Habgier nicht erwähnen. Selbst sie fürchten das Ende. Denn wenn die Unterwelt fällt, dann wir alles in Scherben liegen.

Es ist jedoch höchst unwahrscheinlich, dass du dieses Ende mitbekommst. Schließlich heißt es, dass der Sensenmann vor der Apokalypse großes Unglück über die Welt bringen wird und ich vermag doch zu glauben, dass ich meinen Job mit bestem Gewissen erledigt habe.

Die Nächstenliebe

Ich würde dir empfehlen, einen guten ersten Eindruck bei deinem nächsten Kollegen zu hinterlassen. Es wird dir einige Vorteile bringen. Besonders wenn du Probleme mit Habgier oder deinen anderen Kollegen hast und Hilfe brauchst, du wirst sie bei Nächstenliebe finden. Solange du höflich zu ihr bist, wird sie froh sein dir zu helfen.

Ich mag Nächstenliebe. Sie wird dich mit einem Lächeln begrüßen und dich fragen, wie deine Vorstellungsrunde bis jetzt lief. Ich weiß, das hört sich jetzt nicht nach viel an, *aber nachdem du bei Habgier warst...* Du kannst ein wenig entspannen, wenn du in diesem Bezirk bist. Bei ihr bin ich mir beinah sicher, dass sie dich nicht umbringen will oder sich gegen dich stellen wird. Trotzdem solltest du immer aufpassen, was um dich herum passiert. Ganz vertrauen kannst du niemandem in der Unterwelt. Generell ist die Welt des Göttlichem kein Ort, an dem du Freunde finden kannst.

Ich weiß, dass du zu diesem Zeitpunkt einige Fragen hast, aber es gibt keine Person hier, die sie dir wirklich beantworten kann. Selbst Nächstenliebe mag es nicht über die Geheimnisse der Unterwelt oder generell über die Vergangenheit zu sprechen. Ich empfehle, es einfach zu ignorieren. Du musst keine Ewigkeit in der Unterwelt verbringen, versuche die Jahre so angenehm wie möglich zu verbringen. Dazu gehört es auch möglichst unauffällig zu bleiben. Das sind aber nur Ratschläge, vielleicht findest du ja Antworten, wenn du tief genug gräbst.

Wenn du Nächstenliebe eine Freude machen willst, dann besuche sie ab und zu. Nicht nur, um Geschäftliches zu besprechen, sondern auch einfach, um zu fragen, wie es ihr geht. Wenn sie dich mag, wird sie ein gutes Wort beim Chef einlegen und vielleicht bekommst du dann einen Tag Urlaub. Den gibt es sonst in der Unterwelt eigentlich nicht.

Ansonsten gibt es nicht wirklich, viel was du noch über Nächstenliebe wissen musst, das meiste wirst du selbst herausfinden. Das ist bei ihr nicht so schwierig oder gefährlich wie bei manch anderen. Sie hasst nur Vorurteile, also solltest du am besten mit einem offenen Herzen zu ihr gehen. Vielleicht ist das auch der richtige Zeitpunkt um zu erwähnen, dass du dieses Buch lieber niemandem zeigen solltest. Ich weiß nicht, wie der Chef reagieren wird, wenn sie herausfindet, dass die Sensenmänner einen Weg haben, um Informationen weiterzugeben. Das wurde uns eigentlich verboten. Meiner Meinung nach hat es etwas mit der Prophezeiung über das Ende zu tun. Du weißt schon, wenn wir nichts davon wissen, können wir sie nicht aktivieren, aber ich bin anderer Meinung. Wie sollen wir uns schützen, wenn wir nicht wissen welche Gefahren auf unserem Weg liegen?

Ein Wort der Warnung: Sprich nicht über das Buch und versteck es gut in deinem Büro. So das es niemand außer dir finden kann.

Die Völlerei

Als ich Völlerei das erste Mal gesehen habe, musste ich an eine Fledermaus denken. Eine schlecht gelaunte Fledermaus. Ich finde, das passt zu ihrem Aussehen. Manchmal war ich mir sicher, kleine spitze Zähne entdeckt zu haben. Vielleicht habe ich auch angefangen zu halluzinieren.

Dafür dass sie unglaubliche Mengen an Essen zu sich nehmen kann, ist sie erstaunlich dünn. Was wohl an der Tatsache liegt, das man in der Unterwelt weder zu- noch abnehmen kann. So wie du aussahst, bevor du gestorben bist, so siehst du hier aus. Ich hoffe also, dein Ableben war nicht zu unschön. Es macht die Arbeit leichter, wenn du nicht zu grausam aussiehst. Du selbst wirst nur an den Reaktionen der Menschen in der Unterwelt merken, wie du auf sie wirkst. Es gibt nämlich keine Spiegel.

Das Gute an deinem Treffen mit Völlerei ist, das du ihr so ziemlich egal bist. Das Schlechte an deinem Treffen mit Völlerei ist, dass du schnell

Mitleid für sie aufbringen wirst. Du musst nämlich wissen, dass Völlerei nicht immer so war
wie heute. Ich habe dir gesagt, dass du vierzehn
Kollegen hast und technisch gesehen stimmt
das auch, aber einer fehlt. Seit Jahren vermissen
wir Mäßigkeit. Dazu jedoch mehr im nächsten
Kapitel. Es ist nur wichtig, dass du weißt wie
Völlerei so abwesend geworden ist. Den Verlust
ihres Zwillingsbruders hat sie nie verkraftet.

Das ist auch der Grund, warum ich dir wenig
über Völlerei sagen kann, sie spricht nicht wirklich mit uns. Es wird eine kleine Vorstellung
geben und dann bist du wie Luft für sie. Einzig
Nächstenliebe kann an manchen Tagen zu ihr
durchdringen. Sie lebt ein einsames Leben und
ich glaube nicht, das es sich irgendwann bes-
sern wird.

Egal wie viel Mitleid du für Völlerei verspürst,
halte deinen Besuch kurz. Sie will nicht über
ihren Bruder reden und generell lieber in Ruhe
gelassen werden. Mach dir darüber keinen
Kopf. In der Unterwelt laufen die Dinge einfach
so. Es wird nicht über Probleme gesprochen,
außer sie fangen an den Chef oder den Richter
zu nerven. Die Lösung für ein Problem lieg
darin dieses zu ignorieren, bis es weggeht und

wenn es das nicht tut, dann wurde es noch nicht lange genug ignoriert.

Völlerei schafft es irgendwie ihren Job zu machen, es ist dem Chef also egal, wie es ihr geht oder ob sie mit ihren Kollegen spricht. Die gleiche Haltung wird auch von dir erwartet.

Die Mäßigkeit

Ich erzählte dir ja von dem Test in Demuts Bezirk. Währenddessen hast du dich vielleicht gefragt, ob dieser nicht eher zur Mäßigkeit passt. Und damit liegst du auch nicht falsch. Kurz bevor Mäßigkeit verschwunden ist, hat er dieses Ritual an Demut weitergegeben. Ohne eine Erklärung oder einen Grund zu nennen. Was genau in dem Gespräch mit Demut gesagt wurde, weiß niemand. Laut Demut selbst hat Mäßigkeit nichts zu ihr gesagt. Ich glaube ihr jedoch nicht. Ich weiß nicht warum, aber ich habe dieses Gefühl, das da noch mehr ist.

Für dich ist jedoch erst einmal wichtig, wie du den 12. Bezirk überleben kannst. Die Bezirke selbst sind ungefährlich, wenn sie von den Sünden und Tugenden kontrolliert werden. Die einzige Ausnahme ist Geduld, aber davon habe ich dir ja schon erzählt. Bei Mäßigkeit gibt es jedoch niemanden, der den Bezirk unter Kontrolle halten kann. Hier musst du also vorsichtig sein. Es kann vorkommen, dass der Bezirk dich sofort versucht umzubringen, manchmal jedoch ist er auch friedlich und du kannst ohne Probleme durchlaufen.

Du denkst vielleicht, du musst dich nicht vorstellen, wenn es keine Tugend gibt, die dich kennenlernen soll. Damit liegst du jedoch falsch. Es ist wichtig, dass du, nachdem du den Bezirk betreten hast, deine Identität preisgibst. Zumindest das, was du sagen darfst. Ich erinnere dich daran: sag niemals deinen Namen und auch andere private Informationen. Selbst wenn du denkst, dir hört niemand zu.

Ich glaube nämlich, dass Mäßigkeit uns hören kann. Deswegen ist es so wichtig, dass er weiß, wer du bist und was deine Absichten sind. Schließlich bist du der Sensenmann.

Ich frage mich bis heute, wie Mäßigkeit verschwinden konnte. Der Chef weiß immer, wo jeder ist und der Richter kann eine Lüge sofort erkennen. Entweder verschweigen die beiden etwas oder Mäßigkeit hat einen Weg gefunden, um alleine zu entkommen. Dann frage ich mich jedoch, warum er seine Zwillingsschwester nicht mitgenommen hat. Die beiden standen sich früher sehr nahe. Ich kann nicht glauben, dass er sie einfach zurücklassen würde.

Dann gibt es natürlich noch die Theorie, dass Mäßigkeit entführt wurde. Ich halte das für höchst unwahrscheinlich. Ja, der Chef ist nicht die netteste Zeitgenossin und ja, sie überprüft beinah jeden Schritt, den wir machen, jedoch stehen wir unter ihrem Schutz. Der Gedanke das es jemanden gibt, der eine Tugend entführen kann, ohne das es Spuren gibt oder der Chef davon weiß, hätte Konsequenzen, die ich mich gar nicht vorstellen will. Es gibt wenige Wesen, die mächtiger sind als der Chef und wenn sie sich gegen uns stellen, dann haben wir verloren.

Die Wollust

Ab diesem Zeitpunkt fehlen dir nur noch zwei Bezirke. Du hast es fast geschafft. Jetzt nicht aufgeben. Die letzten beiden deiner Kollegen sind auch nicht zu schlimm. Wollust ist vielleicht ein wenig aufdringlich, aber sie versteht ein Nein. Davor musst du also keine Angst haben. Sie mag unsere Sense übrigens nicht, also wenn du diese zu deinem Besuch mitnimmst, lässt sie dich eher in Ruhe.

Ich empfehle dir, keinen Körperkontakt mit Wollust einzugehen. Mit jeder Berührung kann sie deine Emotionen spüren und auf längerem Zeitpunkt auch deine Erinnerungen. Und du darfst nicht vergessen, dass du nichts über dich preisgeben solltest.

Davon abgesehen erwartet dich nichts Schlimmes in Bezirk 13. Eine Konversation mit Wollust ist nicht schwierig aufrechtzuerhalten. Um ehrlich zu sein, du wirst es schwerer finden sie zu beenden. Wollust redet gerne und viel. Vielleicht solltest du jedoch das ein oder andere hinterfragen, dass sie dir erzählt. Sie hat es nicht so mit der Ehrlichkeit.

Wenn du lange genug mit Wollust sprichst, wird sie dir von ihrer jüngeren Schwester Keuschheit erzählen. Ich konnte es am Anfang fast nicht glauben, aber die beiden verstehen sich tatsächlich gut miteinander. Zumindest so gut wie man sich verstehen kann, wenn man einen Bezirk der Unterwelt leitet. Ich habe dir ja schon erzählt, hier kann man niemandem so wirklich trauen. Selbst der eigenen Familie.

Dieser Bezirk ist übrigens auch der Größte, du wirst eine Weile laufen müssen, um ihn zu durchqueren. Dabei ist es wichtig, dass du dir keine Pause erlaubst. Ich weiß nicht ganz, warum oder was passiert, wenn du es tust, aber es war eine der Warnungen meines Vorgängers. Ich empfehle, es nicht auszuprobieren. Die Konsequenzen könnten verheerend sein. Oder auch nicht.

Eine letzte Information zur Wollust habe ich noch für dich. Sie liebt Mode und Komplimente. Wenn du also einen guten Eindruck hinterlassen willst, dann mach ihr ein Kompliment. Egal ob du es wirklich magst oder nicht. Wollust interessiert sich dafür nicht. Vielleicht kannst du ihr auch ein paar Sachen über die Mode zu deiner Zeit erzählen. Es ist schwierig, an solche Informationen zu kommen, wenn man in der Unterwelt festsitzt. Weder Sünden noch Tugenden dürfen die Welt der Lebenden betreten und wenn sie es versuchen, gibt es Ärger vom Chef. Hört sich am Anfang vielleicht nach keiner harten Strafe an, aber glaub mir, du willst keinen Ärger mit dem Chef. Keiner hier will das.

Die Keuschheit

Während ich dir die Informationen für Keuschheit aufschreibe, kann ich beinah spüren, wie die Energie meinen Körper verlässt. Ich wusste schon, dass es nicht mehr lange dauern würde, bis meine Zeit hier vorbei ist, aber ich will nicht das es endet. Das Unwissen auf das was kommt und die Gewissheit, dass ich es nicht aufhalten kann. Keine schöne Zusammensetzung.

Bevor ich jedoch die Kraft verliere zu schreiben, sollte ich dir noch über die Keuschheit erzählen. Im Gegensatz zu ihrer Schwester redet Keuschheit nicht viel und mag es nicht berührt zu werden. Mit ihrer Art kann sie unhöflich wirken, aber das ist sie nicht. Sie muss die Personen um sich herum erst einmal kennenlernen bevor sie mehr als zwei Worte sagt.

Lass dich von ihrer stillen Natur nicht täuschen, sie ist genauso gefährlich wie jede andere Tugend. Es sind immer die, von denen man es am wenigsten erwartete. Vergiss das nicht. Ich will dir keine Angst vor ihr machen und ich denke nicht, dass sie versuchen wird uns umzubringen, aber ich bin mir sicher, sie verbirgt etwas vor uns. Also pass bitte auf dich auf.

Es ist nicht schwierig die Themen zu umgehen, die Keuschheit nicht mag. Eure Konversationen werden nicht lange genug sein. Mittlerweile weißt du sicher, welche Themen allgemein umgangen werden sollten. Solange du dich daran hältst, kann dir wenig passieren.

In ihrem Bezirk gibt es mehrere kleine Seen. Du darfst diese niemals betreten. All diese Seen sind auf ihre Weise gefährlich. Nicht alle sind tödlich, aber manchmal ist es nicht den Tod, den man fürchten sollte. Gerüchte sagen einer der Seen kann deine Erinnerungen löschen und ein anderer ist gefüllt mit giftigem Wasser. Ob das wirklich stimmt, weiß wohl niemand. Für dich ist es einfach nur wichtig, dass du so weit wie möglich von diesen weg bleibst. Wir wollen schließlich nicht, dass du hineinfällst oder jemand nachhilft.

Sobald du ihren Bezirk verlassen hast, bist du offiziell der neue Sensenmann und es liegt an dir, deine Aufgabe zu erledigen. Du musst ein zweites Mal zum Chef gehen und sie wird dir die Kleinigkeiten deiner Arbeit erklären. Wie du Seelen einsammelst oder wie du sie in die Unterwelt bringen kannst. Keine Sorge, es ist nicht schwierig.

Ich hoffe, dieses Buch ist von Nutzen für dich. Bitte pass gut auf dich auf und versuche, so wenig Ärger wie möglich zu verursachen. Wenn wir nicht zu sehr auffallen, dann ist das Leben als Sensenmann nicht zu schlimm. Meine Zeit als Sensenmann endet nun. Bis wir uns in hundert Jahren sehen. Viel Glück.

MADELEINE SOPHIA TRISKA

Madeleine Sophia Triska ist nicht der Sensenmann. Zu Ihrem eigenem Unmut ist sie leider nur ein normaler Mensch mit einer Liebe für Bücher, Diskussionen und Tee.

Loved this book?
Why not write your own at story.one?

Let's go!

FSC
www.fsc.org
MIX
Papier | Fördert
gute Waldnutzung
FSC® C083411

Zeitfracht Medien GmbH
Ferdinand-Jühlke-Straße 7
99095 Erfurt, Deutschland
produktsicherheit@kolibri360.de